春风拂过我的草原

薛利强 著

远方出版社

图书在版编目(CIP)数据

春风拂过我的草原 / 薛利强著. -- 呼和浩特：远方出版社，2017.6
ISBN 978-7-5555-0916-5

Ⅰ. ①春… Ⅱ. ①薛… Ⅲ. ①诗集-中国-当代 Ⅳ. ①I227

中国版本图书馆 CIP 数据核字(2017)第 117043 号

春风拂过我的草原
CHUNFENG FUGUO WODE CAOYUAN

作　　者	薛利强
责任编辑	蔺　洁
责任校对	蔺　洁
装帧设计	天津海神文化传媒
出版发行	远方出版社
社　　址	呼和浩特市乌兰察布东路 666 号　邮编 010010
电　　话	(0471)2236471 总编室　2236460 发行部
经　　销	新华书店
印　　刷	内蒙古地矿印刷厂
开　　本	130mm×185mm　1/32
字　　数	99 千
印　　张	6.25
版　　次	2017 年 6 月第 1 版
印　　次	2017 年 6 月第 1 次印刷
标准书号	ISBN 978-7-5555-0916-5
定　　价	41.00 元

如发现印装质量问题，请与出版社联系调换

薛利强，70后，经济学硕士，内蒙古作家协会会员。曾在《星星诗刊》《草原》《中国税务报》《蓝色高原》等报刊发表诗歌、散文若干。著有诗歌集《我的青春 我的梦》，长篇小说《青春的名义》。

大草原的朗读者

——读青年作家薛利强诗集《春风拂过我的草原》

邓九刚

时值四月,院子里的花花草草都开得非常心急,好像错过了就赶不上通往春天的火车。我一想,多么有诗意的季节呵!在诗歌里,草原诗歌主题明确,算是诗歌里最美、最耐读的一种诗了。我们即将迎来内蒙古自治区七十周年庆典,如果有人用诗歌的方式来迎接盛会、讴歌时代、赞美草原,那么将是多么有意义的一件事情。如果有,我愿意与他一起作为大草原的朗读者,把草原诗歌、草原文化传递给五湖四海的朋友们!

这时,本土青年作家薛利强突然叩开了我家的门。我与他可谓是忘年交,差一辈儿,与他的交往既源于一次列车上的幸会,源于他和我家人私下的友谊,更源于我们都对文学的热爱。利强很恭敬地称

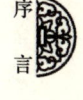

呼我为邓叔,我说你不用拘谨,咱是自己人。但他还是很客气,我一想这孩子其实是修养好,知道在长辈面前永远保持矜持的态度,也好。他战战兢兢地从怀里拿出了他的这本《春风拂过我的草原》诗集初稿请我过目,我一看题目,挺好,正和我想到一起了,春天到了,草原又将迎来美好的季节,此时不抒情更待何时?他请我给他作序,我没有立即答复,只轻轻地翻开书稿看了起来。说实话,过于朦胧晦涩的诗歌我是不太感兴趣的,诗歌从古至今就是用来吟唱的,引起大家内心共鸣的,如果跑偏了,十头骆驼也拉不回来。看了几首,发现既通俗易懂又不乏朦胧色彩,颇有哲理和韵味,一开始从心里已经给他打了个及格分,打算给他写这个序,并且默默地在心里给序起着名,叫什么好呢?最近一年,诗歌在央视的带动下,先是中国诗词大会,后是朗读者,其中朗读者这个节目其实就是对现代诗歌的朗读,我想,就给这个序起名为《大草原的朗读者》吧,小薛用心来热爱草原,热爱家乡,用心来热爱诗歌,这个序名配得上。

　　他的第一首诗歌《季风吹》一下子引起了我的共鸣,因为我经常往返于首都北京和呼和浩特市,在北京居住期间魂牵梦绕的也是草原这片热土,也会常

常勾起淡淡的乡愁:

　　季风吹
　　吹来思念的忧伤
　　大野故乡,散开一排排乳白色的羊群
　　升腾起,一缕缕饥饿的炊烟

　　透过岁月的暮霭
　　母亲
　　踮着脚尖儿张望……

　　草原
　　七十年春风浩荡
　　赐我以,世间最美的时光

　　这首诗歌虽然不长,但很到位。季风吹来,仿佛吹起故乡的炊烟,母亲在远方踮着脚尖儿把游子张望,游子思乡心切,思母心切,于是用"草原/七十年春风浩荡/赐我以,世间最美的时光"收尾,把游子对大草原的热爱表现得淋漓尽致。我想,诗歌不在于长,过于长就变成大散文了,那就会失去诗歌短小精悍的本意。这么写,正妥。

接着往下看,我还看到了这么一首《致阿姐:即使春天不会一夜回到我的草原》,一看诗名就很令人期待,我摘取一小段:

我是暮色下的宠儿
痴心等待着萨日朗的花香
即使春天不会一夜回到草原
却也无意收获了
满地的雪花

这首诗我觉得写得很美。在生活中,我们往往苛求于特定的目标,追求不到也许会牢骚满腹无法释怀。而作者通过诗歌表达了即使没有追到萨日朗的花香,却无意中得到了另一种美,即满地雪花,把人生得与失的哲理挖掘到了极致,真是用足了心,耐人咀嚼。我也细细琢磨,一首诗歌,甚至是一本书,只要有那么一两句美得让人心悸的句子,那么这首诗歌无疑是成功的。我突然想起几位大诗人,比如海子和顾城。海子的诗歌我们也许记不住几首,但他有《面朝大海,春暖花开》,仅这么一首诗歌就足以令其扬名立万。顾城的诗歌我们也只是记住了那句"黑夜给了我黑色的眼睛,我却用它寻找光明"。利强的这句诗其实也足以让我们久久回味。我突然想起上次他来我家时送我的那本诗集《我的青春我的梦》,有首短诗叫《白日梦》:

你是一个
白日梦
我苦苦追了一个世纪
却只追到
一个黑夜

我想,他的那本诗歌能够畅销,也许也是因为这么一首小诗,但愿若干年后,更多的人能记住这首小诗,利强也能凭借这些诗歌得以在文学领域再上一个台阶。

接着往下读,我看到一首《被草原女神雕刻》,也很有意思:

草原女神,利刃般的女人
我们就这样拥挤在时光的长廊中

俯首、跪拜

被你喂乳,被你雕刻

雕刻成牛马骆驼,雕刻成蝼蚁虫豸

一不留神,雕刻成翱翔大漠的雄鹰

我们都有女神情节,作者这样表达对草原女神的情感,真是别有一番滋味。把草原比作手持利刃的女人,把自己比喻成一个草原的婴儿,抑或是一个爱情的奴隶,静静地被雕刻、打磨,多么贴切,足以表达出诗人对草原的这种刻骨铭心的爱恋之情。

他的诗歌里不仅抒发了乡愁、亲情,有很多诗里还有浓郁的民族故事,类似于用诗歌的形式讲述一段草原往事,颇具正能量。比如这首《听缅怀嘎达梅林的歌》:

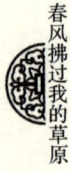

夜未尽

雨水的骨骼敲打着蒙古包

咚咚作响

七月,正是醉眼迷离的时节

瘦马倦怠地望着草原,而我

却泪流满面
人已去,余温散
一生叱咤,惊起万千草浪

嘎达梅林,我的王
在科尔沁草原,在梦中的乌力吉木仁河
我正在听缅怀你的歌

嘎达梅林是蒙古族的英雄。作者在蒙古包里一边听着雨声咚咚响,一边听《嘎达梅林》这首在草原上久久不息的歌,于是突然间泪流满面,诗兴大发。通过"人已去,余温散/一生叱咤,惊起万千草浪"的感慨来缅怀英雄。尤其是那句"在梦中的乌力吉木仁河"非常叫绝,因为乌力吉木仁河不仅是一条嘎达梅林战斗过的河,而且是一条曾经的母亲河,只是因为种种因素断流了,以至于成为"梦中的河",以此抒发了作者对保护大草原、保护母亲河的惆怅和迫切之情,读后让人心生共鸣,百感丛生。

作者既是朗读者,同时也是草原旅游的代言人,比如他写了很多关于呼伦贝尔大草原、乌拉盖草原、辉腾锡勒草原、阿尔山等草原旅游胜地,让我们觉得

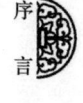

他不仅爱草原,还大声地为草原旅游呐喊助威,真是用一颗诚挚的心来歌颂草原,值得赞扬。比如这首《葛根塔拉》:

> 哈达飘飞的季节
> 当旅人的一声《父亲的草原母亲的河》
> 悠长悠长地
> 在葛根塔拉
> 在炊烟袅袅的大野故乡
> 与牛羊一起向高处攀爬的时候
> 我的心已经融化在烟波浩渺的蓝天上
>
> 哎呀!多么醇香的泥土
> 哎呀!多么厚重的草原

作者直言不讳地告诉我,他的这首诗歌模仿了著名诗人昌耀先生的意境和风格,因为他很崇拜这位已故的诗人,以此也想表达一下自己的缅怀之情。我读了一下原诗,原来就是那句"多么醇香的泥土"以及原作者自己的心境。我笑着和他开玩笑:昌耀老师如果知道有你这么用心的弟子,他老人家应该含笑九泉了。只要不是抄袭,适当地模仿是可以的,更何况追溯本源,我们都是老祖宗的模仿者,继承了几千年文化的衣钵而已。

作者的这本诗集里还有一部分古诗。他对我说,他其实写了很多很多的古诗,但是时过境迁,他认为我们今天的人永远也不会有古人的那种心境和情怀了。就比如说,古人每天在古诗的语言环境里生活,韵律的讲究也远远超越今人,他们写了好几百年,可以说把好的诗歌都写得差不多了。而且古人每天晚上一熄灯就无事可干,除了睡觉就只能仰望星空,在脑海里进行无限地遐想、创新,如此才有好的诗歌不断面世。而今天的社会,已经进入了智能社会和机器人时代,很少有人会放弃优越的科技文明成果而甘于去做生活的、文学的苦行僧,所以,很难有突破,写古诗也只是一种小爱好而已,适当写一下,陶冶一下情操即可。我很赞同他的观点,看来他是真心研究过诗歌的。不过我还是发现有几首古诗质量还是可圈可点的,比如以下两首:

叹流年

马兰虽娇艳,没在草芥中。

冬虫变夏草,人生几峥嵘。

塞上行
十年梦驼铃,愁思染罗巾。
打马出府邸,塞上听蝉音。

作者第一辑最后的那首长诗《大美:故乡》我觉得概括性很强,就像一部电视剧即将收尾时把所有的故事和情感一股脑宣泄给观众似的,令人发自内心地和笔者的情怀联系在一起,内心随着诗歌一起在离离原上草上荡漾:

盛开吧,我的萨日朗花
盛开吧,我的大美故乡

看! 百万头雄牛正列着噌噌的步伍
看! 百万只雄鹰扇动起厚重的翅膀

看! 百万匹蒙古马正驮载着牧人的希望
看! 百万场庆典正浓缩着百年被侵割而重新屹立于五州的辉煌

百万朵萨日朗花即将在春日放歌

大美故乡啊,我等着你用温柔的目光收割我

    文学是神圣的,诗歌是神圣的,在今天这个物欲横流的年代,利强能够拿起笔走入作家的行列,作为文学界的一名老兵,我觉得一方面是应该祝福这个年轻人,另一方面应该是伸出手来多帮帮这些年轻人,多给他们鼓励和支持,大声地替他们朗读,让他们一步一步前进,从而让我们的文学,让草原文化能够一代一代地传承下去,让千年的华夏文明有力地屹立于世界名族之林。

    祝贺利强的诗集出版,祝贺我的家乡内蒙古!

邓九刚

2017年春于北京

目录

第一辑　草原新诗

季风吹	3
乡愁	4
春风拂过我的草原	5
天堂	7
雪山·敖包·长生天	8
收割	10
风念经	11
致阿姐：即使春天不会一夜回到草原	12
夜色·篝火	14
春水	15
岁月	16
下马酒	17
草原：当春天拔节的声音愈来愈近	18
信徒	20

21	丰收曲
22	海子的初恋
23	偷听心事
24	敖包相会
25	草原四行诗(一)
28	祭火神
29	草原是一朵罂粟花
30	佛的风
31	幽　客
32	四季乌拉盖
34	沐浴的季节
35	马头琴
36	一缕炊烟
37	故乡的声音
38	被草原女神雕刻

争夺荒漠	40
听缅怀嘎达梅林的歌	41
扛住岁月的忧伤	42
喧嚣之城	43
忧　伤	44
流　云	45
草原四行诗（二）	46
带我回故乡	50
萨日朗花开	51
草原:盛大的节日	52
诗性的胜利	53
新射雕英雄	54
暖　阳	56
鸿　雁	57
腾格里	58

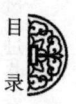

60	梦见草原之城
61	思念草原
62	远离油腻人间
63	草原牛
64	秋草有毒
65	领 悟
66	自 由
67	风 车
68	草原先生
70	走出乌篷船
71	虔 诚
72	看 到
73	勾 引
74	春 祭
75	芨芨草

葛根塔拉	76
诗人的祈愿	77
草原,我是你匍匐而来的春虫	78
头羊	80
听呼伦贝尔的故事	82
多情的鸟	83
一棵草爱上一朵花	84
克鲁伦河之春	85
岁月静好	86
比春天更招摇	87
海市蜃楼	88
二月的草原	89
别样之秋	91
春的讯息	92
乌兰巴托的夜	93

94	迷路人
95	时光河
96	孤　旅
97	阿斯哈图的石人
98	忽如一夜
99	没有大雕的日子
100	少年的英姿
101	勒勒车上的歌
102	琴　思
103	雨中等你
104	仰　望
105	朦胧的篝火
106	神　明
107	草原之恋
108	奶　茶

大美:故乡　|109

第二辑　古诗新韵

美　人　|117
边关怀古　|118
逢李师师　|119
戍　边　|120
渡阴山　|121
叹流年　|122
逢范二　|123
新美人出塞　|124
春临后山　|125
话长天　|126
变　迁　|127
草原油菜花　|128

129	风物长
130	那达慕之:射箭
131	蹁 跹
132	春到草原
133	冬 雪
134	塞上行

第三辑 注　　释

137	长生天
138	敖 包
139	转经轮
140	经 幡
141	蒙古包
142	哈 达
143	马头琴

长　调	144
呼　麦	145
萨日娜	146
勒勒车	147
腾格里	148
萨日朗花	149
鸿　雁	150
苏鲁锭	151
那达慕	152
下马酒	153
呼伦贝尔	154
科尔沁	155
乌力吉木仁河	156
桑根达来	157
希拉穆仁	158

159	阿尔山
160	克什克腾
161	辉腾锡勒
162	额尔古纳
163	斡难河
164	红格尔敖包
165	葛根塔拉
166	克鲁伦河
167	乌兰巴托
168	乌拉盖
169	鄂尔多斯
170	呼韩耶单于
171	昭　君
172	嘎达梅林
173	达尔扈特人
181	后　记

草原新诗

第一辑

季风吹

季风吹

吹来思念的忧伤

大野故乡,散开一排排乳白色的羊群

升腾起,一缕缕饥饿的炊烟

透过岁月的暮霭

母亲

踮着脚尖儿张望……

草原

七十年春风浩荡

赐我以,世间最美的时光

乡 愁

在草原

时常会对着天空发呆

蓝天是海

云朵是船

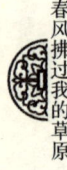

风推着船,游弋着、游弋着

东躲西藏

唯恐

被矫情的乡愁击中

春风拂过我的草原

春风连夜拂过我的草原
我连夜翻过九十九座山岗
见证：草木枯荣、时光迭替、生命轮回

此刻，缺少转经轮的敖包上同样经幡飘动
长生天一直护佑着蒙古人
我的草原
没有藏地的忧伤
只有琴声悠扬

此刻，额尔古纳河捻着佛珠诵经
被勇士之刀雕刻过的冰凌再一次幡然悔悟
嘎吱嘎吱地咬断冬日枷锁
纵使漂在吟诗诵经的流水当中
也足以禅修

此刻，大地不再是粉妆玉砌、冰冻三尺

第一辑 草原新诗

白狐唱着冬日的恋歌
在一缕暖阳下
俯首迎接
那匹来自春天的黑马

其实南国的水面上
早就乍开一排排整装待发的鸿雁
我的草原正春风浩荡
在马奶酒滋润过的广袤大地上
它们或许也可以
信马由缰

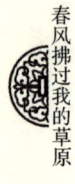

天　堂

春天一觉醒来
沐浴

从贺兰山阙到阴山山脉
雾霭重重、万物模糊

寂静尊捻着佛珠
把一声声诵经推送到人类面前

大美草原嘀
又将成为信徒的天堂

雪山·敖包·长生天

1

雪山女神眸子明净

不高耸入云

不拒我于千里

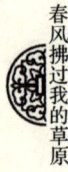

2

云朵从雪顶降落,仿佛

长生天驾着天马

远远走来

3

敖包

其实是一座佛

喜欢独坐于雪山禅修

4

在敖包前
每一个人都会情不自禁地举起双手
向长生天索要加持

5

长生天,躲在天上那个慈悲的神
多少人想借你之力
称王称汗

6

我问风:长生天在哪里,请执我手
风呢喃:长生天就在你心里嘀
流浪的云朵、欢悦的牛羊

收 割

当秋风站上草原

萨日娜

我等着你用温柔的目光收割我

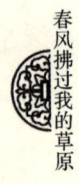

风念经

风念经
超度旧时光
还是那片春天的草原
还是那些老石头
还是那些老石头老老实实地待在古老的敖包上
只是,它下面压着的誓言
已老成枯萎

致阿姐：即使春天不会一夜回到草原

从一座雪山到另一座雪山
受了伤的阿姐长途跋涉
膜拜,下跪
朝着藏地而去
而我却执拗地守着我的草原

我的草原
一场大雪将去年的车辙、浮躁以及甜言蜜语
无情地深埋
管它蝼蚁,管它猛兽
管它宿命飘零,管它彻骨销魂

致阿姐：
就连信徒与信徒之间都真实地横亘着一条天路
一端城市,一端草原,一端油腻,一端茹素
何以跋如此之高、涉如此之远
草原就能收割掉尘世的繁芜

我是暮色下的宠儿

痴心等待着萨日朗的花香

即使春天不会一夜回到草原

却也无意收获了

满地的雪花

牛羊归圈,骏马归棚,针落无声

点亮一盏心中的酥油灯

然后叮叮当当,摆弄一只属于我们的

春天

夜色·篝火

我们从四面八方鱼贯而来
为了这异乡的篝火
还有篝火中的夜色

夜色被拉成两半
一半属于跳神者
一半属于游魂

篝火处在十字路口
一条朝向寺庙
一条朝向旅游区

夜色,渐浓;篝火,渐暗
顽皮的老马徒咣当一声把毡房的门关上
把一对情侣的窃窃私语关到了门外

春 水

是黑马的灵性与自然的碰撞
当冬雪融化
她抖落冬虱、积垢、风尘
从圣水中跃出
搅动
一池春水

掬一口春水吧
只有这苦寒之地的苦甘霖
才能让气若游丝的岁月
伤愈如初

岁 月

天上的风吹动天上的云
天上的云遮住了大野故乡
嗬!好大的一块老年斑

四十年,我只是坐在原野上
看季风,千年如一日地吹拂着
看心爱的人如何在风中变老、变黄
看一个个熟悉的名字如何从痴呆的大脑里抹去

一匹老马在克鲁伦河边饮水
也许它最熟悉
岁月的滋味

下马酒

篝火燃起
阿尔山又迎来一批尊贵的客人
夜色寒凉
请先喝一碗下马酒吧

敬天、敬地、敬祖先
每一次沉醉
都是因为那对深情的眸子

草原：当春天拔节的声音愈来愈近

仰望草原

当春天拔节的声音愈来愈近

当北归的鸿雁高过阴山山顶

当阿妈的呼唤传遍大江大河

羊群咩咩,俯首找寻母亲的蹄印

牛群哞哞,回首舔舐遗落的幼婴

春走了又来,来了又走

深爱的人老成凋谢

再次回到草原

不知辜负了多少容颜,以及

红珊瑚、玛瑙、绿松石

没有草原上的风

城市定是尘埃弥漫、光芒枯竭、日晕旋转

没有草原上的风

人们定是蜷缩、诵经、祈祷、仰望

仰望草原,春风正从南方吹来

冰破雪融抑或绿草吐芽

总能捕捉到生命的馥郁

风满天、雨满天,草尘满天、花香满天

来不及斡旋,索性放浪形骸

到了草原,从此不愿多谈转世轮回

信 徒

她命我脱掉几个世纪的尘衣
帮我剃去胡须、头顶的蓬蒿
拔去浸透了酒精的体毛
镊去烟渍、肉芽
洗去油腻
为我,沐浴更衣
再递与我,念珠、转经轮

这个夏天,尘世里再也没有乌云
我紧紧拥抱草原
成为一名信徒

丰收曲

勒勒车把自己的骨头散落在草原
牧人们自顾着载歌载舞

哎,蓝蓝的天空(男)
哎,辽阔的牧场(女)
哎,圣明的长生天(男)
哎,赐予我们牛羊(女)

草原,我记不住你的名字
只记住:丰收曲

海子的初恋

传说诗人海子初恋在草原,诗歌发迹于草原

暖阳掉进草尖

马头琴站上山岗

篝火点燃

是哪位兄弟在涕泗横流地告白:

从今天起,放过每一个人

从今天起,面朝大海,春暖花开……

这个春天,十个海子全部复活

他们长发飘逸,黑夜放歌

哎,我的内蒙姑娘!

哎,我的草原女神!

偷听心事

黑马掠过月色
惊起沉睡的光尘

今夜,熄灭欢聚的篝火
且挂一盏温暖的马灯,听风吟诵

今夜,是谁在偷听心事
窸窸窣窣,把一抹浓情挂在敖包山顶

敖包相会

美丽的萨日朗花
我就是你衣衫褴褛的
前世情人

红格尔敖包上的月亮已经高高挂起
你为什么
还不盛开

草原四行诗(一)

1.草原电影院

骑马或者步行
牧民与夜晚相约而来
千篇一律的现代爱情故事
远没有马奶酒那么炽烈

2.时光的俘虏

只有在旷野之地才能痛彻心扉地领悟到
我们都是时光的俘虏
始于葳蕤
归于草尘

3.信徒

春雷是大地的信徒

三步一叩首

我是草原的信徒

一步一匍匐

4.夜听

月夜恍惚

谁家的蒙古包内

一声长调空灵入夜

感念天地之大命运之小

5.小尤物

我的油菜花

我的小蝴蝶

嫁以太阳的恩施

春天会接踵而来

6. 草原蓝

她的蓝让我无法言表

整个秋天

当我试图捕捉一朵流云的时候

反把自己变成一朵流云

祭火神

不会用树皮、树叶来遮体
也没有原始的狂欢
蒙古人以肃穆的方式站立着
祭拜火神

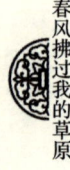

把上等的肉食和黄油献于他
密仁扎木勒哈火神嗬
你的降生
结束了茹毛饮血的莽荒

嘿米嘞满达！福来！福来！福来！

一家一户的祭火
一生一世的光明

草原是一朵罂粟花

蓝天白云大草原
你,就像一朵罂粟花
每年夏天
只要释放一针尖的剂量
就足以
让人上瘾

佛的风

在草原,我们学会了双手合十
敖包前,匍匐的姿态比牛羊都要虔诚

相信人心向善可以感动长生天
相信百年后的灵魂可以得到救赎
相信信仰可以驾驭飞梯直上云天
相信无数的重蹈覆辙可以让生命轮回、石头结果

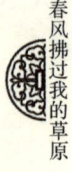

佛的风,大声吹过辉腾锡勒草原
谁都不能主宰岁月的葳蕤
只有草原,用她的胸怀去平衡
四季更替、人间冷暖

幽　客

在春天醒来
看到自己置身于鸟的世界

黄的、绿的、红的、黑的
矜持的、傲慢的、悲怆的、得意的

一不留神闯了进来
成了草原的幽客

四季乌拉盖

1.春

冬的呜咽从枯死的草丛逃遁

春姑娘打着响指穿过乌拉盖草原

四月,我翩翩来迟的暖河哦

光芒煨暖冬日的伤痕

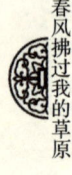
春风拂过我的草原

2.夏

天边的乌拉盖

是天堂陨落于人间

四季辗转、百灵邕邕

夏风穿越春天和风车一起翩翩起舞

3.秋

芨芨草开始包裹季节

秋风里流淌的都是醉死的牛羊

渴望被吞噬

吞噬于如潮的草尘

4.冬

白雪茫茫的乌拉盖草原

纵使夜行千里也走不出的地方

情愿一生放逐

听北风吟诵苍狼的诗篇

沐浴的季节

是牧人的欢歌撩动了她体内的热乳
还是慈悲的大地之母自己情绪高涨得发疯

白雪皑皑的草原
温泉汩汩、圣水肆流
鼎沸的人群面朝着一个方向：克什克腾
有的背负袈裟，有的拖着病体

又是一个沐浴的季节
我们忘记了
那些冰冻三尺的日子，以及
那些痛彻心扉的伤痕

马头琴

总是在篝火最炽烈的时候
忽而一个低回
久久地
让忧伤无处藏身

马头琴,以它少有的一种悲怆
让峨冠博带变成泪巾
曾使少年郎热血沸腾的往事
也不会只用一种旋律来诉说

耳壑再度铿锵时
我们且哭且笑
绕着希拉穆仁河
绕着故乡的那棵低树

一缕炊烟

一缕炊烟
从牧人的包房里
阿妈把它连同奶茶一起轻轻地舀起
比四月的春风
还要煦暖

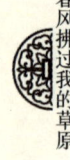

袅袅上升啊
整个草原开始笼罩起淡淡的乡愁

故乡的声音

当草尖骄傲地从阳光的缝隙里望天
所有的生命开始发出声响

小鸿雁走过沼泽,嘎吱吱,嘎吱吱
把童年走得歪歪扭扭

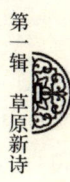

小牛犊溅起了春泥,扑哧哧,扑哧哧
把童年走得闲游浪荡

小姑娘哼着小曲,哎呀来,哎呀来
把童年走得天真无暇

小鸿雁、小牛犊、小姑娘
哎呀来,哎呀来……

穿越千山万水,总把故乡的声音
长久谛听

被草原女神雕刻

被你雕刻过的人
如一株肥草倒向牛羊,一袋乳汁射向幼婴

草原女神,利刃般的女人
我们就这样拥挤在时光的长廊中
俯首、跪拜
被你喂乳,被你雕刻
雕刻成牛马骆驼,雕刻成蝼蚁虫豸
一不留神,雕刻成翱翔大漠的雄鹰

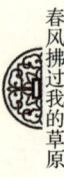

静静地被雕刻、剥离、打磨
直到理想和现实分崩离析
直到从一座草原辗转到另一座草原
直到远离花团锦簇,在黄昏的征途上打马回家
直到把淬过火的胆和钟情的马留给十八年前的襁褓
直到被你啮齿到最柔软的部分,无法再塑形
直到生命进入耄耋之年

我的草原

很久没有看到草长莺飞、鹰击长空

想必它们也被雕刻,与新生的婴儿一样

在岁月轮回的深处

静静地蛰伏

第一辑 草原新诗

争夺荒漠

老祖宗说,广袤的草原表面上看是荒漠,其实地下埋藏着生命之河

心若荒漠,通往草原的路就会变成天路
可又是谁? 在通往桑根达来的路上
争夺着荒漠化的草原

他们谁也不相信谁
只信祖宗的话:
每一寸土地都是长生天赐予的

四面八方的蒙古兄弟们大声比画着
争红了脸,却还虚掩着笑
只有石头理解他们的行为

黑骏马重新列阵
踢开一排排坚硬的鹅卵石
地面下流淌着
滋养生命的大河

听缅怀嘎达梅林的歌

夜未尽
雨水的骨骼敲打着蒙古包
咚咚作响

七月,正是醉眼迷离的时节
瘦马倦怠地望着草原,而我
却泪流满面
人已去,余温散
一生叱咤,惊起万千草浪

嘎达梅林,我的王
在科尔沁草原,在梦中的乌力吉木仁河
我正在听缅怀你的歌

第一辑 草原新诗

扛住岁月的忧伤

当五彩经幡褪色
大雁的翅膀扇起人间寒凉
游牧的男人啊
请不要在野花身边欢笑或哭泣
用你博大而浑厚的肩膀
扛住岁月的忧伤

喧嚣之城

夏天的讯息
已经通过一枝野花的开放来传递
而恋旧的春风依旧在翻找
疏淡的蹄迹

一枝招摇的萨日朗花
勾引着催了情的牛羊从天边涌来
追逐打闹、耳鬓厮磨
它们,野性正浓

人们也将篝火点燃
马头琴的悠扬开始在耳廓回荡
大美呼伦贝尔
重新变成一座喧嚣的城

忧 伤

当丰腴的水草铺满大地
当蓝色红色的经幡飘满敖包
我听懂了马头琴的诉说,其实
一个载歌载舞、能征善战的民族也会有忧伤

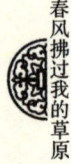

同样,只有忧伤的爱情才可以
让数以千计的英雄、数以万计的士兵,乃至
数以千千万万计的无名氏们接踵而来
他们,孤注一掷、赴汤蹈火

流 云

守着流云
守着尘世里一剂流水的良药

看流云孕育出霞光满天
听蟋蟀拨弄欢快的琴弦,以及
夏蛙送来轮回的呼麦

在一河流云里
摆渡旧时光

草原四行诗(二)

1

瘦鸟的嘶鸣响彻额尔古纳河
一世纪重复轮回
百草交头接耳
传递着春的讯息

2

野草破冰
春的圣水漫灌开来
我们静坐于大地
听流水超度旧时光

3

敖包总矗立在草原的最高处
供人仰望
以至于长生天的子民们
不用久久地卑躬

4

荒草不荒,只是被刻意度量
黑马不黑,只是被赋予神谕
萨日朗花开得如此妩媚
许是被施了咒语

5

如果春天一直姗姗来迟
我情愿做一簇篝火
焚烧记忆
驱走人间寒凉

6

听说过绝版的草原

美得超乎、忘我

在岁月中蛰伏

只待春天

7

风吹不灭孤独的蜡烛

其实

草原上没有孤独

只有离群

8

如饥似渴地扒开云朵

草原,你从哪里来

躺在我身下

进入我梦里

9

射手座射来一束天光
点燃岁月的篝火
多情的草原之夜
烈焰般而来

10

姐妹们都说
来到草原,只想
霸上这片草原
爱上一个人

带我回故乡

先生,我是苦寒日子里苟且的牛羊
这里,到处布满饥饿的伤痕

先生,我听到了春姑娘的口哨
先生,我听到了鸿雁的呼唤
先生,我听到了破冰的声音
先生,我听到了草芽在地底下歇斯底里地尖叫

一缕微光从时光的栅栏透过来
草原先生,带我回故乡吧
我看见,蒙古人打马走过的地方
风吹草低……

离散的兄弟们啊
我们终将在这里重逢!

萨日朗花开

萨日朗花开了
一朵一朵闪耀着前世的磷火
草原上没有比她更招摇

一朵一朵开得很努力
一朵一朵跳着顶碗舞
一朵一朵互相咬着耳朵打听：
火红的裙摆向上卷起
谁将钟情于我？

远方的少年郎啊，马鞍已经备好
你可愿来？

草原:盛大的节日

春风起,春雷响
盛大的节日再一次让人热血沸腾
那些衣衫褴褛的劳燕,衔着春泥
向北方开拔

听,鸿雁与马头琴在苍穹合奏
拉开庆祝的序幕
牛羊、黑马、雄鹰、大雕
蓝天、绿草、勒勒车、敖包
呼韩邪单于、昭君美人
悉数登场

我的草原
远远晃动着蓝色的哈达和红色的经幡……

诗性的胜利
——闻内蒙古鄂尔多斯市举办全国诗会

当黑色的煤球里开出一朵艳丽的萨日朗花
鄂尔多斯重新变成一座骄傲的城
我的高原兄弟啊
你的诗性又战胜了你的野性

新射雕英雄

季节更替、生命轮回的日子
一切事物都归于惺忪和疲倦
城市、乡村、原野、山岗
没有一丝声响
只有春姑娘,在每一个乌衣巷口
招摇过市

牛羊来不及追忆去年的讯息
春风就淹没了草原
我的草原,又一次经幡招展、红巾猎猎
马儿踏起坚硬的盾牌
万千草芽
势蓄待发

风总朝着一个方向吹
在一代天骄余光的护佑下
少年郎,学着祖先的摸样

身披铠甲、弓弩,面朝着太阳神的面颊

把一支淬过火的利箭

射向苍穹

暖 阳

草原晃动着蓝色的哈达向游人招手
在这里,兴许会遇到最好的自己

在呼伦湖,你看到成群灭绝过的红头鸟儿
撕开岁月的光芒蜂拥而来
密密匝匝、欢呼雀跃

病树逢春,悲喜交集
且抓一束暖阳
抵御时光的磨损

鸿 雁

春天到了
跟随着牛羊向天边攀爬
我感觉
一列雁序正把我的眸子节节拔高

南方的小鸿雁啊
乘着长风
奋力飞回了故乡
每一只脚上
都系着一封写给母亲的信

腾格里

1

仰望腾格里
老阿妈双手合十
瞳孔与天幕
合一

2

虔诚的老阿妈
是你转肥了七月的敖包

3

腾格里用墨线勾勒过的草原啊
阳光饱满、暖流倾泻
让发霉的肉体重又洁净

让坏死的骨头复旧如初

4

赐教腾格里:
风吹草低,可未见牛羊
难道是七月的丰腴醉死了赢弱的牛羊?

5

每一次让我的灵魂得到救赎
每一次让我的雄心在广袤的草原升腾
腾格里,请接受我的膝盖和眼泪

梦见草原之城

梦见,谜一般的帝国
梦见,一座城

历数千年而长青、而根脉相连
历数千年而被侵割、而屹立五州,以及
民族辗转迁徙、历史扑朔迷离、神灵诡异隐现

皇冠,一度从巅峰跌落
骏马,一度囿于荆棘

长生天不会永远眷顾一个人、一个民族
生为你的信徒
草原之城,许我拨开梦中的迷雾
见你

思念草原

一次次,拒绝不了野花的诱惑
一次次,阻挡不住马头琴的悠扬

思念的忧伤
就像母亲的炊烟
愈烧愈旺
就像春天的野草
愈长愈疯

远离油腻人间

喜欢唱歌的阿姐说,她心植草原多年
于是,一匹马驮着南国的竖琴狂奔
让草原花香四溢

她管俯首的僧众叫师傅
管驻足的游人叫师傅
管替她牵马的牧民叫师傅
管草原叫:我的天堂

她说,她就是那个叫三毛的小女子
远离油腻人间

草原牛

你决不是一个性灵闲游浪荡的物种
醉了一夜
却反刍了一个冬天

秋草有毒

秋风被挑在高高的草尖上
在最丰腴的季节里
牲畜们却只懂得
低头吃草

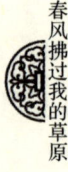

青草传来一声叹息,然后
静静地把刀架在牛羊的脖子上
秋草是有毒的
就连野花都在颤抖

风吹过四季,吹来梵音
分开尘世和流云,
人啊,若不是及时制止心头的贪念
也会像牛羊一样
在喇嘛的梵叭声中
归于安静

领 悟

桀骜的骏马在草原上驰骋
跑着跑着
最后跌入滚烫的浪花

骄傲的勇士在战场上飞奔
跑着跑着
最后跪拜于万丈山岗

爱过的人在大地上疾驰
跑着跑着
最后遁于时光的丛林

风吹着吹着云就散了
生命跑着跑着就老成枯萎

悲怆啊！只有仰望苍天的人才能领悟到
时光的惊悚、人生的无常

自 由

青草是自由的
它冲破洪荒,织一块销魂的夜毯

野花是自由的
它游街过巷,挂一串祝福的风铃

牦牛是自由的
它眯眼反刍,诵一句虔诚的经文

妹子,你也是自由的
夕阳下的黑马是你前世的情人

风 车

立于丰腴之地者
是风车

驱赶骄阳下的流云者
是风车

载着岁月远行者
是风车

风车的草原于我是丰腴的母亲
草原的风车于我是父亲的航桅

草原先生

太阳神光芒万丈
你或许是按照蒙古人的特征被她切割

先生,你的脸被切割成申字形
一支淬火的苏鲁锭,穿透了琐碎而平庸的日子

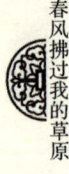

先生,你的眼睛被切割成眯眯形
一声阳光正义的笑,抽打躲在黑暗角落里的人

先生,你的耳朵被切割成长廊形
在汉民眼中,那可是千千万万人痴迷的摸样

先生,你的宽鼻被切割得略显鹰钩形
那拥有智慧的嗅觉,决不放过任何一个敢欺骗你的人

先生,你的……

先生,我无法用过多的语言描述

因为春天已近,你的腰身和名字渐渐清晰

他们都叫你:草原先生

走出乌篷船

当葳蕤刺破山岗
我走出岁月的乌篷船

草原有乌篷船里永远无法复制的
葳蕤和落日

余晖的草丛下有我一直藏匿着的
一张张弯弓

一张张弯弓把男人的欲望
一支一支射向苍穹

虔 诚

那个虔诚的旅人
围着敖包不停地转
顺着草地不停地走
面朝远方不停张望
他在寻找什么

一个春天他都在和我谈乌拉盖草原
谈那头失去野性的
苍狼

看 到

看到野花一样的姑娘入河
看到奔跑在风车下的旧时光

天堂草原
我顽皮地喊一声
云朵里会不会钻出无数个
童年的伙伴儿

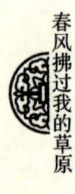

勾 引

蓝是苍天

有时,容纳不下野心

白是云朵

有时,承载不住离愁

黄是枯草

有时,掩盖不住孤独

是谁把一簇簇火点燃

她红得像萨日朗花

勾引

多情的人

春 祭

春天
一代天骄射过的大雕
用它巨大的翅膀
遮盖了达尔扈特部落的夜空
那一夜,鄂尔多斯草原没有月光
只有八百年的酥油灯,闪耀着思想的光芒

四面八方赶来的游人们
一直在吟唱,或者一直在倾听
他们,膜拜草原、凭吊英雄
他们,手挽着手、肩并着肩
他们,神情凝重、涕泗横流

一曲《鸿雁》
不知撕扯了多少乡愁

芨芨草

草原的霸主
葳蕤的主角
却甘于掩在岁月的花丛中
享受孤独

不会瑟缩在自己的巢穴
不会用呜咽来抵御生命的荣枯
越是在大雪纷飞的日子里
越以白色的嫁衣
凭吊岁月的碑林

啊哈!
你决不是孤独的剑客
每一株芨芨草上都趴着一只虔诚的地鼠
和你一起把春天
祈望

葛根塔拉

哈达飘飞的季节
当旅人的一声《父亲的草原母亲的河》
悠长悠长地
在葛根塔拉
在炊烟袅袅的大野故乡
与牛羊一起向高处攀爬的时候
我的心已经融化在烟波浩渺的蓝天上

哎呀!多么醇香的泥土
哎呀!多么厚重的草原

诗人的祈愿

夜色是母亲
草原是兜裹的绿毯
寂寞的忧伤,一朵两朵云承载不住

一个衣衫褴褛的诗人
用十指架起他的头颅
上面透着两道情窦初开的磷光

待仙女们从莲花丛中走出
诗人开始喃喃自语:
可否射一个下来,做我的糟糠之妻

草原,我是你匍匐而来的春虫

啄木鸟在我身上啄食春天

她叼走我身上最后一块腐肉、浓疮

消失在时光的丛林

我跳下来,地面上已绿草茸茸

阿妈的合十酿出了滂沱大雨

在这场春的盛宴里

褪去的是年轮,唤醒的是胚芽

或许洪荒年代就已注定

必须有一声鹰唳闪击在苍穹

必须有敖包山上嘎吱嘎吱的雪崩声

必须有老黄牛弯着犄角顶着冬天远去

必须有一群黑马渡过二月的暗河

必须有一根琴弦与另一根琴弦的和鸣

必须有一张弓弩与大雕的拉锯

然后,春天才肯再一次开门

否则,我们仍然匍匐前进

若春虫,伸出伪足,然后整个细胞向前祷告

虫啊,你要翻过多少雪域高原
穿越多少废墟
隐忍多少罪孽和轮回
踏出多少春痕
最终皈依
我美丽的草原

头 羊

不能苛求
每一天都春暖花开
每一季都是草长莺飞

草原,更多的是飞雪、冻土、苍凉
更多的是老阿妈的双手合十:
长生天保佑,赐予吾羊以阳光和草料

尤其是头羊,那头面容俊朗的王
请赐予它阳光和草料
让头羊扒开雪层,吃到第一口草根

请赐予它重返草原的雄心
让它带个头吧
走出风雪中的迷茫

这永远低于人类的寒白而繁衍的生灵

用一声无欲无求的咩咩

融化了多少岁月的风刀

第一辑 草原新诗

听呼伦贝尔的故事

我是一头故乡的老牛,除了祈祷一场春雪
还跪拜在你的膝下
努力去反刍一个古老的故事

口含明珠,妖魔莽古斯杀向草原,从此
湖水干涸、牧草枯黄、牲畜暴毙、诗文匮乏

当弥天黑雾掳走呼伦女神
当贝尔的弓刀吸纳诸神的光芒
当女神含泪吞下用忘情水浸泡过的珍珠
当贝尔刺破莽古斯的心脏,含泪吞下另一枚珍珠
从此,两泓碧水耳鬓厮磨

埋头拉车,听喇嘛吟诵
丝丝沧桑、悲凉,都成为风的佐料
古老的故事
把沧桑岁月煨熟

多情的鸟

当鲟鱼游回大野故乡
春姑娘拾起梭子
开始织一副美丽的画卷
画卷上,千万只鸟儿蹦蹦跳跳
欢呼雀跃

草原是一只多情的鸟
窸窸窣窣,正在梳理七彩的羽毛

一棵草爱上一朵花

一棵野草
拱卫着六月的野花

高与低、美与丑、丰腴与贫瘠
轻得超凡脱俗

窃窃私语
把一片草原浸染得如此多情

风轻轻地吹
唯恐不小心将他们吹散

克鲁伦河之春

一万头雄牛,列着噌噌的步伍
从雪域高原下来
犄角顶走人间寒凉

母亲河,音带痊愈,一路高歌
还三三两两丢下些淘气的幼婴
交与饥渴的草芽

四万只牛犊子,四万头生命
自母体脱胎,在圣水里挣扎
年复一年,贪婪地吮吸阳光的味道

四月的克鲁伦河,春风骀荡
一双无形的手趁势将一个冬季的沉寂
悄悄抽走

岁月静好

季节里
我们都成了时光的新欢
没有节制的风,吹拂着
草原的夏日

蓝天、白云、大草原
小羊羔跪着吮吸乳汁
我也用一个夏季去体味
岁月静好

比春天更招摇

春天的草原,不只有蓝白绿
同样,每一粒细胞都在繁衍
每一种颜色都在萌动、生根、发芽……

草原,我是你衣衫褴褛的信徒
在我坚定的眸子里
那红色的经幡
比春天
更招摇

海市蜃楼

在草原
我看见过古老的海市蜃楼

那是个大雕与弯弓同样倔强的年代
骏马与猛士、野草与牛羊同样惺惺相惜
刀光闪闪、厮杀阵阵
铁木真的手温柔地一挥
刀枪入库、马放南山

牧人的炊烟重新在晨曦中升腾
没有时间概念的风又吹暖了阿妈的脸庞……

二月的草原

这是我的,也是你的
二月的草原,静静袒露着无暇的冰冷
西伯利亚的风
把我的思念吹成刺骨的荒芜

我的草原
不全是翠色欲流
不全是羊群咩咩
不全是策马扬鞭
不全是风吹草低现牛羊

从萎黄到枯死
从静默到深邃
月光笼罩着神秘
和我深埋于地下的不可餍足

我是穿过田野的蚂蚁

我是穿过硝烟的白鸽
我是穿过时光隧道的
忠实信徒
只为你的膏腴而来

白马过隙
黑马渡过二月的暗河
春天正从这片草原飞到那片草原
涕泗横流

此刻月夜空明
站在草原上的人都会变成诗人
比如：命运多舛
比如：熠熠生辉

别样之秋

大地悲戚戚
秋草、秋虫忙着谢幕

马儿们耳鬓厮磨
舔舐流年

最后的一簇篝火
把一壶岁月的老酒煨暖

月夜,合衣的旅人
以及远处突然传来的马头琴声

春的讯息

大田鼠再一次在草原上直立起身子
左顾右盼,判断着季风的方向
还尖叫着:吱吱,吱吱……
深谙生命灵性的老阿妈替我把它翻译出来:
喵,春天来了,春天来了!

这是春的讯息,可以用最粗犷的声音做出回应:
来场大雨吧,让所有的野花一夜回到草原
回到,人间的天堂!

乌兰巴托的夜
——献给留学乌兰巴托的兄弟

穿过那旷野的风啊,请你慢些走
我用沉默告诉你,有一个地方很远很远……

这样的夜晚
所有的歌手注定是悲伤的
在牛羊也无比悸动的日子里
每一位王汗的儿女都有想哭的冲动

乌兰巴托的夜啊
从此,在同一根琴弦上游荡的
都是苦命的乡愁

迷路人

驱车愈近
草原愈是遥远

于时光无垠的旷野中
只有石头在哈拉哈河水里静静沐浴

仿佛是葳蕤的边缘,古道女人只隐现一下
就再也触摸不到

我们化身光芒,不知归路
窸窸窣窣,谁肯扶一把这大美草原的迷路人

时光河

时光河
自北方延伸
河面上翕动着母亲的眸光

裸露在这条河中嬉戏、穿梭
任千年的季风跑过上岗、草场
我们爱过又忘记

执拗地数着四季:一月、二月、三月、四月……
春天回到了草原
浪子即将回到野花的怀抱

和青草一样
我们还试图去阻挡流云的脚印
把时光定格在童真时代

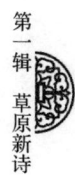

孤 旅

在天边草原的那一头,亲爱的
岁月的风刀已无情地割开我第四十根银发

来一场孤旅吧
让春风一夜拂过荒芜的心海

这一年一度的旅行,兴许是
一生一次的禅修

阿斯哈图的石人

爱人啊
请赐一半的勇气给我

从此,草原上又多了一对欢喜的国王与王后
阿斯哈图又多了一对忠贞的石人

忽如一夜

春风如笛声
一夜从时光的丛林中遁去
我沉睡在混沌的夜里
听耳壑边九曲黄河的风刮过冷冷的冰凌

时光飞逝呵
一不小心错失了满地的桃花
还错失了
心爱之人的容颜

今夜
马兰花又要开放
且率领那些一生正爱着的人
舀一勺多情的月光

没有大雕的日子

在灰蓝的苍穹
大雕,若隐若现

枯黄的秋草下
隐匿着勇士的弓弩

嘣……
哧……

飞驰的箭簇
分明射落草原上的十个太阳

山河失色、光芒枯竭
万马齐暗、捶胸顿足

想必没有大雕的日子
英雄的岁月也是灰暗的

少年的英姿

转经筒咯吱咯吱
一声声虔诚地吟诵

达尔扈特人痴守着长明灯,指引
我们鱼贯而来

草原,今天是个受洗的日子
也是一个缅怀的日子

在最不应当流泪的季节
我老泪纵横

成吉思汗
我的王

那个从远方驰骋而来的骠骑郎
可是你少年的英姿

勒勒车上的歌

嘞嘞！嘞嘞！
牧人赶着一个好听的名字启程

大轱辘、大转盘、大睾丸、大铃铛
老黄牛埋头拉车走向秋天

吱扭吱扭，载着我的新娘
吱扭吱扭，赶着我的希望

一首送亲歌
把娘的思念和女人的宿命诉说

歌声分明从斡难河边而来
久久回荡

琴 思

天上的流云
每一朵都是苍穹的过客
每一朵都是长生天有意搓捏出来的
不仅仅用来遮掩光芒、调理四季

新巴尔虎的夜晚
一朵顽皮的流云恋上了弯月
月儿走,它也走
像故乡的马头琴拉起一首离愁的歌

离愁是弯弯的小河
悠悠地流向天边的草场

雨中等你

下雨了,我在雨中等你
绵延的草原怀着羞涩的情怀拥抱毡房

洮儿河,跟着雨水蹦蹦跳跳
姑娘啊,揣着爱情蹦蹦跳跳

清苦的游牧岁月里
每一个雨季都演绎着炽热的爱恋

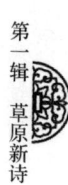

第一辑 草原新诗

仰 望

仰望苍穹,就会拥有无穷的欲望
仰望草原,就会拥有博大的胸怀

幸福,就是一次次地仰望
仰望:蓝天、白云、大草原
接受:尘世里一剂流水般的良药

朦胧的篝火

草原的季节正好
四面八方的兄弟们欢聚在一起

看,那些丰乳肥臀的少女
看,那些耳鬓厮磨的牛羊
看,那些相忘于江湖的信徒
看,那些兼成过往的烟云

一杯烈酒的喜极
只为那一簇朦胧的篝火

神　明

在草原，心里一直攥着一块石头
敖包上的每一颗石块下面，相信都驻着一位神明

经幡飘动的每一个日子里，我仰望着北方
受难的北方，风雪裹挟着牛羊的尸体

长生天，祈求你的护佑
白毛风，请一夜连同二月的寒凉带走

草原之恋

尖尖的敖包你还在吗?
高高的月亮你还在吗?

爱人,为了理想
我们终将选择拔营扎寨

洁白的哈达是我纯洁的心灵
黑色的风是我招摇的夜歌

第一辑 草原新诗

奶 茶

成都宽窄巷子
妹子递过一杯珍珠奶茶
无论怎么翻搅
相思的红豆都沉淀在杯子底下

我望着北方
朦胧的眸子里
格日勒阿妈的茶香
和炊烟一起在故乡的古道上袅袅升腾

大美:故乡

——献给内蒙古自治区成立七十周年

(一)

梦里都爱着这块醇香的泥土
梦里都爱着风吹不息的草场

季风吹,吹过低处沉默的石头
季风吹,吹过高处百万只大雁在空中列序的忧伤

深情地喊一声
我的草原,我的大美故乡

如果,双手合十都不足以表达我对你的崇拜
那么请接受我日渐佝偻的膝盖

如果,巧舌如簧都不足以表达我对你的赞美
那么请接受我日渐衰老的眼泪

（二）

啊,膝盖和眼泪

这男儿无比珍贵的膝盖和眼泪呀

不过是长生天赐予我懦弱时最好的防御武器

我却用它来让古老的信仰穿越历史的洪荒

眼见着,四月已经到来

耳廓边仿佛又响起故乡的春雷

春雷是大地的信徒,三步一叩首

我是草原的信徒,一步一匍匐

（三）

在远方,我们都曾是苦寒之地的忠实信徒

即便是一时趋之若鹜地向南飞,也是一步三回头

一回头,望故乡

春风驱走人间寒凉

二回头,望毡房
毡房顶上炊烟悠长

三回头,望母亲
蒙古包外那对最深情的眸光

(四)

一步三回头,连夜翻过九十九座山岗
一步三回头,裂裳裹足回故乡

满地膏腴的故乡啊,正散开一排排乳白色的羊群
升腾起,一缕缕饥饿的炊烟

透过岁月的暮霭
母亲正踮着脚尖儿向我张望……

草原,七十年春风浩荡
赐我以世间最美的时光

(五)

时光走了又来,来了又走
深爱的人老成凋谢

再次回到故乡
不知辜负了多少慈祥的脸庞

此刻月夜空明
站在草原上的我竟然会变成诗人

萨日朗花,我就是你衣衫褴褛的前世情人
敖包上的月亮已经高高挂起,你为什么还不盛开

(六)

盛开吧,我的萨日朗花
盛开吧,我的大美故乡

看!百万头雄牛正列着噌噌的步伍

看！百万只雄鹰扇动起厚重的翅膀

看！百万匹蒙古马正驮载着牧人的希望
看！百万场庆典正浓缩着百年被侵割而重新屹立于
五州的辉煌

百万朵萨日朗花即将在春日放歌
大美故乡啊，我等着你用温柔的目光收割我

第一辑　草原新诗

古词新韵

第二辑

美 人

草长莺飞六月天,
昭君出塞舞蹁跹。
自古美人多往事,
光阴荏苒琴瑟间。

边关怀古

五更四时鼓声绝,
孟女自此别城阙。
可怜英雄埋黄沙,
换得新天佑草原。

逢李师师

伊人南国住,
我住在塞上。
同锁一叶舟,
把酒话苍黄。

戍 边

春雨渡阴山，
鸿雁几时还。
野旷风乍起，
离愁锁云端。
秦皇与汉武，
为盼解忧烦。
去时擎玉弩，
归来倚藤栏。

渡阴山

原上草菁菁,
阴山放歌行。
晓月照幽梦,
御马脱伶仃。

叹流年

马兰虽娇艳,
没在草芥中。
冬虫变夏草,
人生几峥嵘。

逢范二

岁寒知劲酒,
君临北国府。
晚来小篝火,
痛饮一杯无?

新美人出塞

美人叩边塞,
红装戍轮台。
难得天地换,
鸿雁复又归。

春风拂过我的草原

春临后山

四月春风拂后山,
后山处处落飞花。
莺歌燕舞又一季,
天水相连到我家。

第二辑 古诗新韵

话长天

千里草原与君别,
草尘飞尽又一年。
梦里依旧上弦月,
且斟且饮话长天。

春风拂过我的草原

变 迁

苏武牧羊十九年,
月亮湖边泪涟涟。
斗转星移两千载,
塞外故里换新天。

草原油菜花

十里油菜花,
六月发新芽。
不住农家地,
草原是我家。

春风拂过我的草原

风物长

千里草原风物长,
云雁归来换绿妆。
春风吹得敖包暖,
从此不再思故乡。

那达慕之:射箭

七八月里牲畜肥,
千里草原迎盛会。
谁家儿女红巾舞,
箭矢齐飞夺头魁。

蹁 跹

葳蕤草原六月天,
哈达飘飞又一年。
野花熏得游人醉,
天骄故里舞蹁跹。

春到草原

春风四月吹,
鸿雁自此归。
羸羊与瘦马,
一夜忽又肥。

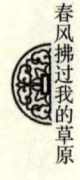
春风拂过我的草原

冬 雪

晚来霜自发，
冬临牧人家。
白马归寒隙，
漫天入雪花。

塞上行

十年梦驼铃,
愁思染罗巾。
打马出府邸,
塞上听蝉音。

注释

第三辑

长生天

蒙古民族以"苍天"为永恒最高神,故谓"长生天"(蒙语读作"腾格里")。在蒙古人自己的思维模式中,至高无上的权力由天神"长生天"(即草原游牧部落的主神)授予一位地上的首领。有诗句曰:"长生天,先祖之灵啊!"就是认为"长生天"是主宰一切的最高神。成吉思汗信奉萨满教,崇拜"长生天"。

敖 包

敖包是蒙古语,即"堆子",也有译成"脑包""鄂博"的,意为木、石、土堆,就是由人工堆成的石头堆、土堆或木块堆。原来是在辽阔的草原上人们用石头堆成的道路和境界的标志,后来逐步演变成祭山神、路神和祈祷丰收、家人幸福平安的象征。大草原的各地都有敖包,敖包一般位于高坡或丘陵之上,形状多为圆锥体,高达数丈。从远处看,真好像一座座尖塔,傲视苍穹,期间飘动着五彩的经幡,煞是好看。

转经轮

转经轮,属佛教法器。其中装经文或咒语,通过右旋转动即等同念诵之功。由于许多信徒特别是老人,大多不能流利地诵念经文,所以他们用转经轮代替诵经。在寺庙,都有转经轮(筒),供游人旋转,以祈福吉祥。目前藏地转经轮比较普遍,而蒙地多为寺庙使用,也叫转经筒。

经　幡

　　之所以被称作经幡，是因为这些幡上面都印有佛经。在信奉藏传佛教的人们看来，随风而舞的经幡飘动一下，就是诵经一次，在不停地向神传达人的愿望，祈求神的庇佑。这样，经幡便成为连接神与人的纽带。经幡所在即意味着神灵所在，也意味着人们对神灵的祈求所在。经幡寄托着人们美好的愿望。

蒙古包

蒙古包是对蒙古族牧民住房的称呼。"包"是"家""屋"的意思。古称穹庐,又称毡帐、帐幕、毡包等。蒙古语称格儿,满语为蒙古包或蒙古博。游牧民族为适应游牧生活而创造的这种居所,易于拆装,便于游牧。自匈奴时起就已出现,一直沿用至今。蒙古包呈圆形,四周侧壁分成数块,每块高130~160厘米,长230厘米左右,用条木编成网状,几块连接,围成圆形,上盖伞骨状圆顶,与侧壁连接。帐顶及四壁覆盖或围以毛毡,用绳索固定。

哈 达

哈达(hǎ dá)是蒙古族、藏族人民作为礼仪用的丝织品,是社交活动中的必备品。哈达类似于古代汉族的礼帛。蒙古族人和藏族人表示敬意和祝贺用的长条丝巾或纱巾,多为白色、蓝色,也有黄色等。此外,还有五彩哈达,颜色为蓝、白、黄、绿、红。蓝色表示蓝天,白色是白云,绿色是江河水,红色是空间护法神,黄色象征大地。五彩哈达是献给菩萨和近亲时做彩箭用的,是最珍贵的礼物。

马头琴

马头琴是蒙古族民间拉弦乐器。蒙古语称"绰尔"。琴身木制,长约一米,有两根弦。共鸣箱呈梯形。声音圆润,低回婉转,音量较弱。相传有一牧人怀念死去的小马,取其腿骨为柱,头骨为筒,尾毛为弓弦,制成二弦琴,并按小马的模样雕刻了一个马头装在琴柄的顶部,因此得名。

长　调

　　长调是蒙古语"乌日汀哆"的意译。长调是蒙古民歌主要艺术形式之一,主要流行于牧区。内部结构较自由,题材集中表现在思乡、思亲、赞马、酒歌等方面。

呼 麦

呼麦,又名"浩林·潮尔",是蒙古族复音唱法潮尔的高超演唱形式,是一种喉音艺术。呼麦是一种古老的歌唱方式,声音从喉底发出来,悠悠远远地往一个很深很深的隧道里面钻,那个隧道是时间的记忆。呼麦已经有千年历史,如今已是蒙古族国宝级的艺术,在全世界独一无二。2009年10月1日,中国蒙古族呼麦成功入选世界非物质文化遗产名录。

萨日娜

在蒙语中是"月亮花"的意思。每年的八、九月份开放,因为它的花是纯白的,就像月亮那样纯洁。它在太阳落山后才开放,太阳一出来就闭合而变成红色的花蕾,特别是晚上,在纯洁的月光照耀下开得更艳,非常神奇。正因为这样,当地人把它形象地叫作"月亮花"。

勒勒车

勒勒车又名大轱辘车、罗罗车、牛牛车。"勒勒"原是牧民吆喝牲口的声音。勒勒车因常以牛拉动,故也叫蒙古式牛车。勒勒车是为适应北方草原的自然环境和蒙古族生活习惯而制造的交通工具。由于现代交通工具比较发达,现在牧区已经很少见到勒勒车了,它已被拖拉机、吉普车等代替,只有在旅游景区才能看到。

腾格里

蒙古族民间宗教里腾格里神(天神)是最高的神。

萨日朗花

萨日朗是一种红色的花,细小的茎叶,白色像蒜一样的鳞茎,火红的花冠向上卷起,内蒙古草原的人们叫它萨日朗花。蒙语萨日朗花,翻译成汉语就是草原上的山丹花,它是草原上热情的女神,每时每刻都在张扬着自己婀娜多姿的身段和奔放的个性。

鸿 雁

鸿雁即大雁。大雁群居水边,往往千百成群,主食嫩叶、细根、种子,间或啄食农田谷物。每年春分后飞回北方繁殖,寒露后飞往南方越冬,多被用来表达对草原的思念与感恩。

歌曲《鸿雁》是一首源远流长的内蒙古乌拉特民歌,曾作为热播剧《东归英雄传》的主题曲。

苏鲁锭

苏鲁锭,蒙古语,长矛的意思,是蒙古族的象征,是战神的标志。

那达慕

"那达慕"是蒙古语,亦称"那雅尔"。"慕"是蒙语的译音,意为"娱乐、游戏",以表示丰收的喜悦之情。那达慕大会的内容主要有摔跤、赛马、射箭、套马、下蒙古棋等蒙古民族传统项目,有的地方还有田径、拔河、篮球等体育项目。那达慕是蒙古族人民具有鲜明民族特色的传统活动,也是蒙古族人民喜爱的一种传统体育活动形式。每年多在草绿花红、羊肥马壮的阳历七八月开始的那达慕,是草原上一年一度的传统盛会。

下马酒

下马酒是蒙古族风俗。每一个来过草原的人都要接受蒙古族最隆重的接待礼仪——下马酒。以示草原人民的热情。饮法:1.客人用左手端乘酒银碗。2.用右手无名指蘸酒弹向天空,称为"敬天"。3.用右手无名指蘸酒弹向地面,称为"敬地"。4.用右手无名指蘸酒向前方平弹,称为"敬祖先"。5.双手端碗,一饮而尽(一饮而尽视为对蒙古族主人的尊敬)。

呼伦贝尔

由呼伦湖和贝尔湖而得名。呼伦贝尔位于内蒙古的最北端,北部靠近中国最北的村镇漠河,西与俄罗斯、蒙古接壤。这里的绝大部分森林、草原、湖泊等自然生态环境未经人类工业文明的洗礼,具有原始且古老的自然风貌,以及中俄、中蒙边境异域风情。呼伦贝尔常常被我们作为"大草原"的代名词,其实这里不仅有丰富的草原旅游资源,还有面积非常广阔的兴安岭林区。呼伦贝尔旅游资源富集,是国家旅游局认定的中国六大重点旅游开发区之一,是中国旅游二十胜景之一,是国家级草原旅游重点开发区。

春风拂过我的草原

科尔沁

蒙古语中,科尔沁的意思是"造弓箭者"。科尔沁是著名的蒙古族地域文化——科尔沁文化的发祥地,历史上科尔沁草原是成吉思汗之弟哈萨尔的领地。科尔沁草原是中国四大草原之一,地处内蒙古东部,大兴安岭南坡,松辽平原西端,即从大兴安岭到松辽平原。

乌力吉木仁河

乌力吉木仁意为"吉祥、美好"。乌力吉木仁河发源于内蒙古赤峰市巴林左旗乌兰坝西侧山地,海拔1400米,是一条古老的河,是蒙古族英雄嘎达梅林曾经战斗过的地方,目前已经断流。

桑根达来

位于内蒙古锡林郭勒盟南部,正蓝旗中部,地处浑善达克沙地腹地,海拔高度1325米,属中温带半干旱大陆性气候,年平均气温1℃~4℃,平均无霜期为105天。桑根达来镇地形、地貌趋同性一致,主要是沙地特点,沙丘间分布有大面积的河谷盆地和塔拉草场。

希拉穆仁

希拉穆仁草原位于内蒙古自治区包头市达尔罕茂明安联合旗。希拉穆仁蒙古语意为"黄河",希拉穆仁草原旅游区俗称"召河",因在希拉穆仁河畔有一座清代喇嘛召庙普会寺而得名。寺院原为呼和浩特席力图召六世活佛的避暑行宫,建于乾隆三十四年(1769年)。普会寺背后环绕着希拉穆仁河,跨过河上大桥可达阿勒宾包山上观赏草原风光。

阿尔山

阿尔山系蒙古语译音,意为"圣水"或"神泉"。位于内蒙古兴安盟西北端,地处大兴安岭脊中段,被呼伦贝尔、锡林郭勒、科尔沁草原环抱。由于地质年代第四纪的多次火山喷发,形成了阿尔山以火山遗迹为主的奇异地形地貌。阿尔山有近10座高位火山口湖、百余火山堰塞湖、600平方千米熔岩台地,是目前亚洲保持最完整、面积最大的火山地貌景观。

克什克腾

　　克什克腾,蒙语译为"贴身侍卫"。克什克腾旗位于内蒙古东部、赤峰市西北部,地处内蒙古高原与大兴安岭南端山地和燕山余脉七老图山的交汇地带。克什克腾享有塞北金三角的美誉。克什克腾旗旅游资源丰富,集草原、沙地、森林、湖泊、河流、火山、温泉、湿地、名胜古迹为一体,堪称"浓缩的内蒙古"。

辉腾锡勒

辉腾锡勒是蒙语,汉意为"寒冷的山梁"。它位于内蒙古自治区乌兰察布市中部,察哈尔右翼中旗科布尔镇南部,阴山北脉,距北京市430千米,距呼和浩特市110千米。辉腾锡勒是典型的高山草甸草原,植物覆盖率80%~95%。辉腾锡勒草场是世界少有且保持完好的天然草甸型草场。辉腾锡勒草原上天然湖泊星罗棋布,素有九十九泉之称。辉腾锡勒风能资源丰富,一望无际的风车已经成为主要的旅游资源之一。

额尔古纳

额尔古纳是蒙古语"捧呈、递献"之意。额尔古纳河是黑龙江的正源,上游发源于大兴安岭西侧吉勒老奇山西坡的海拉尔河,同蒙古国境内流来的鄂嫩河在根河口汇聚,向下称为黑龙江。额尔古纳河全长970千米,以海拉尔河为上源,全长1666千米。主要支流有克鲁伦河。总流域面积15万平方千米。额尔古纳河右岸为山岭森林,是一代天骄成吉思汗的故乡。

斡难河

斡难河也称鄂伦河、鄂诺河或敖嫩河。古称黑水,为黑龙江上游之一。发源于蒙古国小肯特山东麓,是蒙古部族的发祥地。1206年成吉思汗即位于此。

红格尔敖包

红格尔敖包是希拉穆仁草原上最大的敖包。

葛根塔拉

葛根塔拉蒙语意为"夏日营盘"(夏季放牧的地方)。葛根塔拉草原位于乌兰察布盟四子王旗查干补力格苏木(苏木即乡),在呼和浩特市北约150千米,是国家首批"4A级"旅游区。葛根塔拉草原接待条件上乘,是海内外知名的草原旅游景点,也是神舟飞船的降落地。

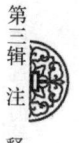

克鲁伦河

克鲁伦在蒙古语中译为"光润"之意，取其转意"发扬光大"而命此河名。克鲁伦河，呼伦湖（达赉湖）支流，因湖水通过以达兰鄂罗木河同额尔古纳河上源海拉尔河相联进入黑龙江，所以克鲁伦河属于黑龙江水系。发源于蒙古国的肯特山东麓，在中游乌兰恩格尔西端进入中国境内，流经呼伦贝尔盟新巴尔虎右旗，东流注入呼伦湖。全长1264千米，在中国境内206千米。

乌兰巴托

乌兰巴托是蒙古国首都。乌兰巴托始建于1639年,1778年起逐渐定居于现址附近,并取名"库伦"和"大库伦"。蒙古语为"大寺院"之意。乌兰巴托始建于清朝崇德四年(1639年),原为蒙古喀尔喀部最大的活佛哲布尊丹巴呼图克图驻锡地。乾隆四十三年(1778年),哲布尊丹巴在其驻地设立城防,取名库伦,意为"栅栏围起来的草场"。在清朝,库伦属于乌里雅苏台将军辖区,为土谢图汗部中旗驻地。

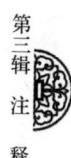

乌拉盖

乌拉盖系蒙古语,是古部落名称。位于内蒙古自治区锡林郭勒盟东北部。境内有原始草原、湖泊、湿地、白桦林、芍药沟、黄花沟等独特的草原风光自然景观和布林庙、农乃庙、成吉思汗边墙、固腊卜赛汗国际敖包等历史文化遗迹,还有独特的乌珠穆沁部落蒙古族民俗风情文化。电影《狼图腾》取景于此。

鄂尔多斯

蒙古语鄂尔多斯意为"很多宫殿"。鄂尔多斯是一个以蒙古族为主体、汉族占多数的少数民族地区。鄂尔多斯市是一个因煤炭而崛起的新兴城市。成吉思汗陵位于这里。

第三辑 注释

呼韩耶单于

呼韩邪单于,意为"广智,多智的王"。西汉后期匈奴单于。他是第一个到中原来朝见的匈奴单于,因迎娶王昭君而广为人所知。

昭 君

即王昭君,与西施、杨玉环、貂蝉并称中国古代四大美女,故有落雁之称。昭君出塞是汉匈交往上的大事。王昭君抵达匈奴后,与呼韩邪单于非常恩爱,被封为宁胡阏氏,并为呼韩邪单于生下一子。昭君墓在今内蒙古呼和浩特市旧城南9千米处的大黑河畔,据说入秋以后塞外草色枯黄,唯王昭君墓上草色青葱一片,所以叫青冢。历代文人墨客为昭君写下了无数诗篇,以纪念这位为民族团结做出巨大贡献的古代美人。

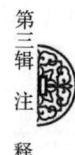

嘎达梅林

嘎达梅林(1892-1931),蒙古族传奇英雄,出生于内蒙古哲里木盟(今通辽市)达尔罕旗(今科尔沁左翼中旗)塔木扎兰屯人姓莫勒特图,本名那达木德,又名业喜,汉名孟青山。为了阻止开垦蒙旗土地的计划,嘎达梅林等人发起独贵龙运动,并举起义旗。嘎达梅林的起义是为了保护蒙古族牧民的利益,而放垦对今天最大的危害是对环境的破坏。传唱不息的歌曲《嘎达梅林》,就是为了纪念这位蒙古族的英雄。

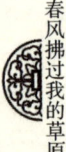

达尔扈特人

达尔扈特这一名称来自达尔汗一词,达尔汗意为"神圣",达尔扈特是达尔汗的复数,有"担负神圣使命者"之意。成吉思汗陵的前身叫成吉思汗八白宫,在守护成吉思汗八白宫及诸多奉祀之神的鄂尔多斯部当中,有个叫达尔扈特的群体。从成吉思汗八白宫建立开始,鄂尔多斯部中就有部分成员代表各氏族,一直集中在八白宫跟前,从事守护、祭祀、管理、迁移等具体事务,这部分人当时被大蒙古国授予不服兵役、不纳税赋的特权,专门看守成吉思汗奉祀之神。后来,这个群体便演化成守灵人——达尔扈特。

耳鬓厮磨　　　　　　　　　　　　　　　　　　李其斗/摄

辉腾锡勒　　　　　　　　　　　　　　　　　　李立新/摄

盛 妆　　　　　　　　　　　　　　　　　　　李其斗/摄

白桦小景　　　　　　　　　　　　　　　　　李立新/摄

天地之气　　　　　　　　　　　　李其斗/摄

晨　曲　　　　　　　　　　　　　李立新/摄

河的顿悟　　　　　　　　　　　　　李其斗/摄

天边的路　　　　　　　　　　　　　李立新/摄

蒙古马　　　　　　　　　　　　　　　李立新/摄

牧　归　　　　　　　　　　　　　　　李其斗/摄

蒙古人 李立新/摄

后 记

——草原,一份无法言说的情愫

蓝天白云大草原,这是长生天赐予我的最好礼物!

曾经有一首歌曲叫《骑着马儿到我家》,歌中写道:"我虽然不会讲蒙古语,但我深深地爱着草原。我虽然不住那蒙古包,但我眷恋辽阔的牧场。"我的一位朋友是蒙古族黄金家族的后代,她对我的评价是"您尽管不是蒙古族,但热爱这片土地胜似蒙古族"。我斩钉截铁地回答她:"这是我的故乡啊,我不可能不爱得如此痴狂!"

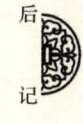

因此,在自治区成立七十周年之际,我想用诗歌来表达对长生天、对草原、对母亲以及对帮助我的组织和亲朋好友的感恩,表达一下这么多年来对草原无法言说的一份情愫,与读者共勉。

诗歌是岁月的芽苞。我研究诗歌并创作诗歌其实是很早以前的事情了,那是在二十一世纪读研的岁月里,蒙古族同学经常在假期带我到他们的家乡去游玩,因为他们的家乡呼伦贝尔、锡林郭勒、乌兰察布有很多我的故乡鄂尔多斯所没有的极致的大草原。每一次到他们的草原,我都想常驻于此,让心灵彻底放假,我甚至还和同学开玩笑,今后的人生目标就是"抽烟抽青城,娶老婆娶蒙人"。尽管每次都是悻悻而归,不过好在记下了蒙古族老人们讲述过的动人故事以及草原上所见到的、能把灵魂带走的一草一木,才聊以慰藉。参加工作后,由于经常下基层,因此故地重游的情况越来越多,我终于找到了"这是你的草原,也是我的草原"的感觉,因此笔下如有神来,逐渐积攒了很多素材来歌颂草原、歌颂生命,其中大部分是诗歌。我是个感性的人,一旦喜欢上某种东西就会毫无理智地去追求,看到草原是这么好的人间天堂,我就欣喜若狂,暗自庆幸老祖宗当年衣衫褴褛地走西口真是选对了地方,我其实就是草原的那个衣衫褴褛的情人。看到蒙古人对长生天、对佛的崇拜以及对生死轮回的淡然,我就情不自禁甚至双手合十地去效仿、膜拜。因此,我的诗歌逐渐形成了自己的风格,即讴歌生命、赞美故乡。我总对圈子里的朋友们说:老祖宗把这么一块丰腴的土地给了我们,我们再写不出好的东西,那真是有愧于长生天、有愧于前辈。

我的写作起家于诗歌,后来过渡到小说,和许多我崇拜的大作家的路径其实是一致的。诗歌是顶端的文学形式,是浓缩文字和历练想象力的最好方式,一但把诗歌的想象力和精练文字融入小说中,会给小说带来不一样的美感和生命力。我之前的诗歌集《我的青春我的梦》获得了很多读者的肯定,它也有力地提升了我的长篇小说《月亮花开》的质量,以致得到了七零后、八零后两代人甚至是更年轻一代的共鸣,这就是一个以诗歌来推动其他文学体裁创作的很好明证。

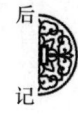

十几年来,自己买过几十本诗集,有古诗也有现代诗,但凡到北京,我都要去王府井书店二层的诗歌架上扫一把货。我知道,不管诗写得好不好,是不是名家,诗歌其实就是一种小众的情愫,每一位创作诗歌的人都应该得到读者的尊重和厚爱,因为诗歌的创作的确是个苦差事,一段段凝练的文字背后流下了多少汗水甚至是泪水啊!作为同行,我更应该多关注他们,用疯狂地"买买买"来支持我的这些写诗的同行们。在此借用诗人超石先生的一句话:让我们以文学的名义聚集!我也想说,因为对诗歌的一种情愫,那么让我们聚集起来,聚集起来就是草原上一场不散的篝火,星星之火迟早可以燎原。用我们一点卑微的力量去带动更多的小朋友,更多的年轻人热爱诗歌,热爱故乡,热爱草原,热爱祖先留下的每一寸土地,去抒写他们。

和全国很多地方人造的丰富旅游景观相比,草原也许很简单,但正是这种粗犷和原生态的美,才能一次次打动游人,打动我们,让我们很多人渐渐地找回真我,想自己一个人背着包或者带着家人,来一场说走就走的旅行,到自然中,到草原上作客,看着蓝天白云大草原,听着季风的吹拂,大碗喝酒、大块吃肉,让灵魂彻底地来一次洗礼。我的外地朋友,他们都说来看我,读我写的诗,其实是想借看我来看草原,来了解草原的文化。我欣喜,一则是因为"有朋自远方来不亦乐乎",二则是因为人们重新找回了真我,三则是因为草原和草原文化让他们和我一样"走心"。基于此,我就答应他们写一本纯草原的诗歌,虽然有些诗歌没有草原歌曲那么朗朗通俗,甚至还有些朦胧,但里边融入了深深的草原内涵。我尽我能力用诗歌来把大草原的历史和现实,把蒙古人对佛、长生天和生命轮回,以及草原的一草一木,把最好的草原旅游景点、草原上的动人故事包罗万象地展现给大家,希望我们都能从诗歌里读懂草原,体会七十年来内蒙古人民在大草原上取得的辉煌成就,最终能读懂我对草原和大自然的痴心眷恋。来吧,五湖四海的朋友们,请到天堂草原作客,我们一起读着诗歌看草原。这本书的第一辑最后一首诗《大美:故乡》充分表达了我无法言说的一种情愫,愿与大家再一次分享:"梦里都爱着这块醇香的泥土/梦里都爱着风吹不息的草场//季风吹,吹过低处沉默的石头/季风吹,吹过高处百万只大雁在空中列序的忧伤/深情地喊一声/我的草原,我的大美故乡//如果,双手合十都不足以表达我对你的崇拜/那么请接受我日渐佝偻的膝盖//如果,巧舌如簧都不足以表达我对你的赞美/那么请接受我日渐衰老的眼泪……"

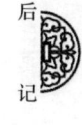

总之,是草原给了我读书求学的机会,是草原给了我宝贵的工作,给了我爱情,给了我家人和朋友;是草原给了我创作的热土,给了我一帮同样热爱诗歌的读者朋友。基于这种无法言说的、心怀感恩的情愫,让我十几年来提起笔,勇敢地以一个诗歌学徒的身份班门弄斧、讴歌草原,创作草原主题的诗歌,目的就是想通过草原诗歌来报恩。不足的地方希望更多专家、学者,尤其是蒙古族的兄弟们多提宝贵意见,我所有的瑕疵皆源于对大草原的热爱!

特别感谢老领导李其斗先生和同仁李立新先生为我提供的草原图片,他们是摄影界大咖,也是诗歌的爱好者,对大草原也同样怀有一份美好的情愫!

最后借用我的文学偶像、诗人昌耀先生的诗句:"一百头雄牛噌噌的步武,一个时代上升的摩擦……"来形容大草原今天的发展气势。也借用并改编一下藏族诗人王志国先生的诗句来祝福草原,也让我的这种草原情愫完美收尾:

"来场春风吧,让所有的野花一夜开遍我的草原!"

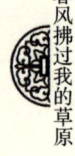

薛利强

2017年3月1日